大貓熊文豪班 6

跟李商隱熊學【詩詞】

冬漫社 著・繪

野人

Graphic Times 58

編　　者　冬漫社
繪　　者　冬漫社

野人文化股份有限公司
社　　長　張瑩瑩
總 編 輯　蔡麗真
責任編輯　徐子涵
專業校對　魏秋綢
行銷經理　林麗紅
行銷企畫　蔡逸萱、李映柔
封面設計　周家瑤
內頁排版　洪素貞

讀書共和國出版集團
社　　長　郭重興
發 行 人　曾大福

出　　版　野人文化股份有限公司
發　　行　遠足文化事業股份有限公司
　　　　　地址：231 新北市新店區民權路 108-2 號 9 樓
　　　　　電話：（02）2218-1417　傳真：（02）8667-1065
　　　　　電子信箱：service@bookrep.com.tw
　　　　　網址：www.bookrep.com.tw
　　　　　郵撥帳號：19504465 遠足文化事業股份有限公司
　　　　　客服專線：0800-221-029
法律顧問　華洋法律事務所　蘇文生律師
印　　製　凱林彩印股份有限公司
初版首刷　2023 年 6 月

有著作權　侵害必究
特別聲明：有關本書中的言論內容，不代表本公司／出版集團之
立場與意見，文責由作者自行承擔
歡迎團體訂購，另有優惠，請洽業務部（02）22181417 分機 1124

國家圖書館出版品預行編目（CIP）資料

大貓熊文豪班 . 6, 跟李商隱熊學（詩詞）/
冬漫社編 . 繪 . -- 初版 . -- 新北市：野人文
化股份有限公司出版：遠足文化事業股份
有限公司發行，2023.06
　面；　公分 . -- (Graphic times；60)
ISBN 978-986-384-875-2(平裝)

1.CST: 唐詩 2.CST: 漫畫

831.4　　　　　　　　　　　112006708

大熊貓文豪班 (6)

野人文化　野人文化
官方網頁　讀者回函

線上讀者回函專用
QR CODE，你的寶
貴意見，將是我們
進步的最大動力。

大貓熊文豪班 6

跟李商隱熊學[詩詞]

熊貓小知識：
熊貓是熊科動物，學名為「大貓熊」，
但因為熊貓已經成為大眾約定俗成的暱
稱，因此本書仍使用「熊貓」來稱呼。

前　言

　　在久遠的傳說中，存在著這樣一個平行世界。它有著上下五千年的歷史，有著百家爭鳴的文化底蘊，有著自強不息的民族精神……那裡的居民都是熊貓，他們的故事源遠流長，餘韻不息。其中一些傑出的熊貓，在漫長的歷史中脫穎而出，成了千古傳誦的大文豪。

　　當我們打開這本書，進入熊貓世界，我們會跟著這些熊貓文豪一起生活，看看他們所處的時代，看看他們如何與命運抗爭，也看看他們是在何種機緣之下，達成了萬人矚目的成就。

　　通過閱讀這些故事，我們會學到這些文豪的代表作品，也會掌握一些學習詩詞古文的訣竅。大家可以偷偷把這些竅門應用到語文學習中，讓自己輕鬆愉快地突破壁壘，獲得更好的成績。還可以拓展知識領域和眼界，用更豐富多彩的視角看待我們生活的世界。

　　接下來，就讓我們認識一下這些萌萌的熊貓文豪吧！

　　「熊貓文豪班」的故事現有六冊，本冊為詩詞篇，將有六位熊貓文豪同學和大家見面。

　　苦吟詩派的孟郊、賈島兩名詩社成員，為了能寫出好詩，反覆推敲，終獲認可。

另一名詩社成員李賀，是一個特立獨行的詩熊，被稱為「詩鬼」，他那空靈奇詭的詩風，為唐代詩壇添上了濃墨重彩的一筆。

　　風流倜儻的康樂股長杜牧，是詠史詩高手，寫過〈泊秦淮〉〈阿房宮賦〉等著名篇章，在他的筆下，流淌著對千年歷史的感慨與反思。

　　氣質憂鬱的才藝課小老師李商隱，用錦瑟給大家彈奏〈無題〉，展示了朦朧詩的美。

　　放蕩不羈的音樂課小老師溫庭筠，是個文藝大咖，他的詞首首都是暢銷金曲，被稱為「花間詞祖」，我們來看看他的〈菩薩蠻〉、〈夢江南〉、〈新添聲楊柳枝詞〉究竟有何魅力。

　　接下來，就讓我們一起走進熊貓世界，和這些萌萌的熊貓文豪一起玩耍吧。

熊貓文豪二班
班級幹部競選（第三彈）

我是沉迷寫詩的「詩囚」。

孟郊

愛推敲的「詩奴」就是我！

賈島

「詩鬼」正是在下！

李賀

我是憂鬱的情歌王子。

李商隱

請叫我「詠史聖手」！

杜牧

花間詞祖就是我！

溫庭筠

孟子

還有同學要
參加競選嗎？

曹操

有才藝的同學
在哪裡？

李賀

在最後一排。

別看我，看他們。

杜牧

李商隱

溫庭筠

王維

哇，會樂器的
同學超酷的！

孟浩然

你們是來
組樂團的吧！

大家都說我「風流」，
其實我不僅會吹拉彈
唱，還能詩會賦。

選我當康樂
股長吧！

吹拉彈唱我也會。

你有他風流？

沒有沒有。

我是氣質有點兒憂鬱的朦朧詩熊,我想當才藝課小老師,大家覺得怎麼樣?

我的氣質也很憂鬱。

你有他長得帥?

沒有沒有。

賈島

孟郊

我是花間詞祖,只要你選我當音樂課小老師,我就能教你填出爆款歌詞,選我選我!

作成兒歌?

我想讓他把〈詠鵝〉作成曲。

盧照鄰

駱賓王

哼!

有反對的同學嗎?沒有的話,本次班幹競選結果是——

康樂股長
杜牧

才藝課小老師
李商隱

音樂課小老師
溫庭筠

**熊貓文豪二班
班幹部競選圓滿結束**

目錄

我是沉迷寫詩的「詩囚」。

孟郊

(751—814)

唐代詩人，字東野，人稱「詩
囚」，私諡貞曜先生。性格孤僻
耿直，為人感性，重視親情、愛
情，對母親非常孝順。

愛推敲的
「詩奴」就是我！

賈島

（779—843）

唐代詩人，字浪仙，自號碣石山
人，人稱「詩奴」。一生窮困，
愛詩成癡，常常因騎驢吟詩，闖
出交通事故。

在國力日漸衰微、群魔亂舞的中唐時期，
有兩個寒門熊貓出生了。

比起光芒萬丈的前輩，他們沒有像樣的出身，
也沒有任何光環加成。

僅憑自己的努力和毅力，對抗時代和命運。
他們就是孟郊和賈島。

孟郊比賈島年長二十多歲，他幼年經歷了安史之亂，
見證了唐朝由盛世到急劇衰落。

安史之亂，是唐玄宗末年到唐代宗初年（755—763）由唐朝將領安祿山與史思明發動的叛亂，是唐朝從盛到衰的轉捩點。這場動亂使得唐朝人口大量減少，國力銳減。

為了躲避戰亂，孟郊青少年時期和家人隱居在河南嵩山。
成年後，戰亂逐漸平息，孟郊才開始外出交遊。

在唐朝，交遊是讀書人一項非常重要的活動。通過交遊，人們不僅能認識很多朋友、積累人脈，還能提高自己的名氣，為以後考科舉鋪路。唐朝社會依然很重視出身，比起世家子弟，唐朝初年時，寒門士人能經科舉錄取後做官的少之又少。到唐德宗時（779—805），情況才反轉過來。

路上一定要小心！

我知道！

他拜訪過「茶聖」陸羽，還曾和詩熊韋應物唱和，
卻沒有積累下多少名氣，這令他鬱悶極了。

陸羽（733—約804），字鴻漸，復州竟陵（今湖北天門）人，唐代學者，以嗜茶著名，對茶道頗有研究，被後世尊為「茶聖」，著有《茶經》。

根本就沒有增加粉絲啊，閱讀量也少得可憐。

圖中詩句出自孟郊的〈題陸鴻漸上饒新開山舍〉。這首詩用桃花源比擬陸羽的新宅，誇讚了陸羽的高潔品格。

偏偏孟郊錢包空空，馬又生了病，
只能寄宿寺廟，避免了流落街頭。

深夜，孟郊的窗外傳來聲音，
不是誦經聲，而是讀書聲。

他出門一看，只見一個小和尚坐在院中，
正借著月光吟詩。

小和尚法號無本，他並不想當和尚，
無奈家裡太窮，當了和尚才有飯吃。

看著無本，孟郊想到小時候的自己，
他也曾純粹地熱愛詩歌，許下過宏大的願望。

只是那些理想都被現實磨平了。他知道自己仕途不順，
無非是因為寫的詩風格太獨特，家境又不好。

但那又如何呢？他偏偏要讓那些熊貓看看，
寒門也能出熊才，自己的詩照樣能被賞識！

你一定能成為大詩熊！

嗯！

第二天，孟郊踏上回家的路，準備考科舉。

我要中進士，
讓其他熊貓睜大
眼睛看看。

孟郊一舉拿下鄉試、府試，前往京城準備進士考試。

在京城，孟郊遇到了改變他一生的朋友，
那就是古文運動的宣導者，當時還很年輕的韓愈。

韓愈（768—824），字退之，河南河陽（今河南孟州南）人，世稱韓昌黎。中唐詩人、文學家、哲學家，是「唐宋八大家」之一。

那時的韓愈已經很有名氣，在他的大力推薦下，
孟郊終於開始在詩壇嶄露頭角。

韓愈很喜歡孟郊，曾寫詩說：「吾願身為雲，東野變為龍。四方上下逐東野，雖有離別無由逢。」意思是：我希望能化身天上的白雲，孟郊變為乘雲的龍。我可以永遠追隨孟郊，即使人間有離別，也與我無關。

給大家推薦孟郊老哥的詩，我特別佩服他。

大家好，請多多指教。

不過，孟郊的進士之路卻並不順利，
考了兩次都落榜，氣得他寫了好幾首詩抱怨。

這些詩都是孟郊落第後所作。落第、下第都是沒考中的意思。

《落第》
《下第東歸留別長安知己》
《再下第》
《下第東南行》

又沒考上……

不過幾年後，孟郊考中了進士。他欣喜若狂，
一首〈登科後〉，寫盡天下學子考中後的興奮心情！

解讀

曾經的艱辛不需要再說，過往的鬱悶今天已經煙消雲散。迎著浩蕩春風縱馬奔馳，一天內就看遍了長安的繁花。

昔日齷齪不足誇，今朝放蕩思無涯。
春風得意馬蹄疾，一日看盡長安花。

——孟郊〈登科後〉

以前沒仔細看，原來長安美得很嘛！

韓愈也替孟郊高興，
還給他介紹了一個後輩——賈島。

這就是我要給你介紹的新朋友。

你好。

您好。

這個熊貓好面熟。

我終於找到你啦！

賈島愛詩如癡，寫詩的時候常常進入忘我的境界，
相傳他曾兩次騎驢衝撞官員，鬧出交通事故。

第一次，他衝撞了京兆尹的車駕，
被抓住關了起來。

那一夜賈島苦苦思索，
終於吟出「秋風生渭水，落葉滿長安」的名句。

詩終於寫好了……

咦，這是哪兒？

「秋風生渭水，落葉滿長安」出自賈島的〈憶江上吳處士〉，意思是：秋風自渭水吹起，落葉便飄滿長安城。

第二次他碰上了韓愈，韓愈沒責怪他，
還幫他敲定了詩裡的用字，兩熊就這麼不撞不相識。

這首詩用「敲」吧，靜夜中更富有意境。

多謝指教！

「鳥宿池邊樹，僧敲月下門」出自賈島的〈題李凝幽居〉。「推敲」的典故就出自這首詩。

後來孟郊聽了賈島的故事，覺得這個後輩有趣極了。
他想起自己曾在哪裡見過一個熱愛詩歌的熊貓，卻記不清了。

短暫相聚後，三熊各自踏上熊生之路。

孟郊以為考中進士是自己燦爛熊生的開始，
沒想到這卻是他熊生的巔峰。

他仕途不順，直到五十出頭才當上縣尉這樣的小官。

在官場底層徘徊的孟郊從此越發沉迷寫詩，常常蹺班，
上司就找了個熊貓代替他工作，分走了他一半的薪水。

孟郊唯一的安慰，就是母親終於能安定下來。
流傳至今令熊貓們感動的〈遊子吟〉，就寫於這一時期。

可惜好景不長，孟郊的親人相繼離世，
他也在不久後暴病身亡。

幾年後，孟郊被任命為興元軍參謀，他卻在赴任的途中病逝。

孟郊家境貧寒，沒有後代，還是韓愈幫他料理了後事。

賈島聽說孟郊去世的消息，匆匆趕來時，
孟郊已經下葬了，他伏在墓前號啕大哭。

賈島總想等自己功成名就之時，再告訴孟郊，
自己就是當時的無本小和尚啊！

當別的熊貓都嘲笑他時，只有孟郊鼓勵了他，
他才能堅定地走下去。

就憑你，還想當大詩熊？

要什麼沒什麼，書都買不起，
做白日夢呢！

有熊貓說我能做到，
我就一定做得到！

見賈島哭得很傷心，
韓愈鼓勵他振作起來，好好努力。

孟郊去世了，
以後的時代就靠你的努力了。

我，我……
一定不辜負……
您的期望。

孟郊死葬北邙山，
從此風雲得暫閑。
天恐文章渾斷絕，
更生賈島著人間。

詩句出自韓愈的〈贈賈島〉。意思是：孟郊死後葬在了北邙山，天下風雲都暫時安靜下來。上天怕文脈斷絕，就生了賈島在人間。

於是，賈島懷著一腔熱血發奮讀書，準備一舉中第。

詩句出自賈島的〈劍客〉，表明他寒窗苦讀多年，就是為了幹一番大事業。

然而，科舉是千軍萬馬擠獨木橋，
想要考中何其艱難，賈島一直考，一直考都考不中進士……

直到五十多歲時，賈島才當上一個小官。
因為他在長江縣任職，後世也稱他為賈長江。

孟郊和賈島的熊生歷經坎坷，他們都沒能實現心中的抱負。

但他們為了寫出好詩，殫(ㄉㄢ)精竭慮，嘔心瀝血。

賈島有一首〈題詩後〉，誇張地說自己「兩句三年得，一吟雙淚流」。意思是：這兩句詩我寫了三年，一讀起來就禁不住流淚。

你知道嗎？我常常通宵作詩，連鬼神聽到我吟詩都發愁。

我比您更慘，我兩句詩寫了三年。

我們可以證明。

哈哈哈！

他們的詩注重詞句錘煉，
他們因此被稱為「苦吟詩派」。

他們說我沉迷作詩，像被詩囚禁了一樣，叫我「詩囚」。

他們覺得我的詩太注重詞句雕琢，寫得過於辛苦，叫我「詩奴」。

冷澀　清恨
苦窮　淚

苦吟熊貓

他們用詩歌方面的成就證明了自己，
在星光璀璨的詩壇擁有一席之地。

孟郊和賈島的熊生經歷告訴我們，
平凡不等於平庸，平凡也可以偉大。

遊子吟

慈母手中線，遊子身上衣。

臨行密密縫，意恐遲遲歸。

誰言寸草心，報得三春暉。

————孟郊

解讀：慈母用手中的針線，為即將遠行的兒子縫製衣衫。臨行前縫得細密的針腳，怕的是兒子出門太久衣服破損。有誰敢說子女像小草般微不足道的孝心，能夠報答得了像春日暖陽般的母親恩情呢？

我要縫得密一些，兒子穿著才不容易破。

尋隱者不遇

松下問童子，言師採藥去。
只在此山中，雲深不知處。

—— 賈島

解讀：我在蒼松下詢問童子，他說師父外出去山中採藥了。人就在這座大山裡，可山中雲霧繚繞，不知道行蹤。

郊寒島瘦

郊寒島瘦，最初出自蘇軾的〈祭柳子玉文〉，是後世對孟郊和賈島詩歌風格的最著名評價。

孟郊和賈島詩風相似，多悲淒孤寂之作，格局狹隘。孟郊一生坎坷，早年喪父，仕途不順，中年喪子，且不善於交際。他的詩歌以描述愁苦為主，從艱辛的生活中精煉名句。「寒」有寒酸、苦澀的意味。

而賈島的出身比孟郊更苦，他自幼家境貧寒，甚至窮得去當和尚，後來雖然受教於韓愈，但是沒考中進士，也沒有擺脫窮苦。他的詩往往格局受限，苦吟而成，雕琢的痕跡很重。「瘦」是寒瘦窘迫的意思。

前輩，原來我們被後世稱為「苦吟詩派」呢。

其實「郊寒島瘦」的評價也廣為人知呢。

塵緣未絕

賈島曾經和堂弟一起出家，這個堂弟就是賈島詩作〈送無可上人〉中的無可。後來賈島受到韓愈指導，有了一定名氣，便還俗了。還俗之後，他還曾寫詩和無可約定將來一起隱居。結果賈島食言。雖然仕途並不順利，但他並沒有再次出家。

我不當和尚了！
我要去外面闖蕩！

孟郊故里

　　今天我們參觀的第一個地點是位於浙江德清縣的孟郊故里。青年時代的孟郊在歷史上並沒有留下多少痕跡，相傳這裡留下了孟郊曾經用過的水井，人們便在此修建了孟郊祠。孟郊祠曾毀於戰火，後來重建時人們又塑了一尊孟郊像。旁邊的春暉公園內有「慈母春暉」長幅浮雕，還刻有作家冰心書寫的〈遊子吟〉。

　　　　　　　　　　　　　　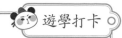

賈公祠

　　接下來，讓我們前往北京房山區石樓鎮，這裡有為紀念賈島而建立的賈公祠。

　　傳說賈島出家為僧時，曾居住在房山的無相寺，三十多歲時才去長安遇到了韓愈。明清時期，房山曾修建賈公祠紀念賈島，現在的賈公祠是2005年重修的。

　　賈公祠的正殿陳列了紀念賈島的文字書畫，並配有展現他在無相寺清居生活的壁畫。祠內的東西配殿分別立有賈島和孟郊、賈島和韓愈的雕像，並配有描繪他們交遊經歷的壁畫。

文豪塗鴉牆

 孟郊
今天和好朋友韓愈相聚，還認識了一個特別有眼緣的後輩。

10 分鐘前

♡ 韓愈，賈島，陸羽，韋應物，李覯

韓愈：我們的朋友越來越多了。

賈島：能認識兩位前輩，我這輩子值了。

陸羽：下次再請你品好茶。

韋應物：老弟，什麼時候聚一聚，喝一杯！

孟郊回覆韓愈：沒錯！

孟郊回覆賈島：咱們有緣。

孟郊回覆陸羽：不去了，路遠。

孟郊回覆韋應物：喝酒傷身。

文豪塗鴉牆

賈島
我的一生都在這幅畫裡了。

10 分鐘前

♡ 韓愈，孟郊，無可，吳處士

無可：詩、書、琴、驢、你，哪個更高雅一點兒？

賈島回覆無可：必然是你！

韓愈：哈哈哈，最近有沒有好好讀書？

孟郊：【思考】【思考】【思考】

賈島回覆韓愈：嘿嘿，老師又來查勤了。

賈島回覆孟郊：【害羞】【害羞】【害羞】

蘇軾：最近讀你和孟郊的詩，寫得太苦了，看著難受【嘆氣】。

賈島回覆蘇軾：其實你可以選擇不讀。

「詩鬼」
正是在下！

李賀

(790—816)

唐代詩人，字長吉，出身破落貴
族家庭，性格在自負和自卑間反
覆來回，有時候覺得全天下自己
最強，有時又覺得「生而為人，
我很抱歉」。獨特的經歷和審
美，造就了一個獨特的李賀。

中唐時期，「唐詩三李」中的第二位降生了。

他和李白被後人形容為「太白仙才，長吉鬼才」。

他，就是瘦得像麵條的李賀！

長吉細瘦，通眉，長指爪。
——李商隱〈李長吉小傳〉

解讀
李賀身材纖細瘦弱，眉毛連在一起，手指非常長。

李賀祖上是李唐宗室的遠支，
他一直為自己的血統自豪。

我可是
有皇室血脈的。

真的假的？

但到了他這一代，已經家道中落，
要錢沒錢，要勢沒勢

你這身份，
還不如有點兒錢。

不想理他。

李賀的父親只是個芝麻小官，不過李賀是個奇才，
小小年紀就能寫一手好詩文，很給父親面子。

李賀十八歲時，就以〈雁門太守行〉一詩，
拜謁大名鼎鼎的文壇大佬韓愈，表達自己報效國家的決心。

當時，唐朝各地藩鎮叛亂不斷，戰火連綿，
李賀用詩歌描繪了一場慘烈的守城戰爭。

唐朝中期在邊境和重要地區設節度使，掌管當地軍政，後來節度使權力擴大，形成割據勢力，稱為藩鎮。藩鎮威脅朝廷統治。據說，〈雁門太守行〉描寫的就是一場朝廷與藩鎮之間的戰爭。

韓愈讀到「黑雲壓城城欲摧，甲光向日金鱗開」，
不由得拍案叫絕！

解讀

敵兵滾滾而來，猶如黑雲翻卷，想要摧倒城牆；我軍嚴陣以待，陽光照耀鎧甲，一片金光閃爍。

黑雲壓城城欲摧，甲光向日金鱗開。
——李賀〈雁門太守行〉

韓愈帶著得意門生皇甫湜ㄕˊ去看李賀，還當場考他作詩。
李賀提筆就來了一首〈高軒過〉，韓愈非常滿意。

龐眉書客感秋蓬，誰知死草生華風。
我今垂翅附冥鴻，他日不羞蛇作龍。

——李賀〈高軒過〉

我今垂翅附冥鴻，
他日不羞蛇作龍。

臨危不懼，水準穩定。
好，很好！

解讀

我只是個客居他鄉的粗眉書客，誰知像枯草一樣遇到春日的和風。我就像垂翅的鳥兒附上鴻雁，等將來蛇變成龍的那天，也沒什麼難為情的。詩句表達了詩人想成就一番事業的決心。

借著大佬的這股東風，李賀本可以參加科舉，
甚至順利高中進士……

我一定能考上進士，
一飛沖天。

但不幸的是，他的父親去世了，
他必須回家給父親守孝三年。

三年後，李賀捲土重來，成功通過韓愈主持的河南府試，
卻因為父親的名字，被迫退出了進士考試。

李賀的父親叫李晉肅，當時有嫉妒李賀才華的人說「晉」和進士的「進」同音，所以他應該避父諱，不能考進士。

韓愈親自下場反駁這些逼李賀放棄科舉的人，
為李賀辯解，但沒有用。

瘦得像麵條的李賀氣得一甩衣袖，憤怒返鄉。

才華橫溢，卻不能參加科舉，
李賀不由得產生了讀書沒用的感慨。

尋章摘句老雕蟲，曉月當簾掛玉弓。不見年年遼海上，文章何處哭秋風。

——李賀〈南園十三首·其六〉

解讀

青春年華消磨在尋章摘句的雕蟲小技上，當拂曉的月亮像玉弓一樣掛在窗外時，我還在伏案疾書。難道沒有看到遼海一帶的連年征戰嗎？此時，像宋玉那樣的悲秋文章又有什麼用呢？

讀書有什麼用呢？連科舉都考不了！

李賀弟弟

但更多的是不服輸！

我有迷魂招不得，雄雞一聲天下白。少年心事當拿雲，誰念幽寒坐嗚呃。

——李賀〈致酒行〉

解讀

我迷失的魂魄無法招回，但我深信雄雞一叫，天下大亮。年輕人胸中應當有凌雲壯志，誰會憐惜你困頓獨處、唉聲嘆氣呢？詩句表達了詩人遇挫折不改凌雲之志的決心。

不，我要振作起來，總有一天，我可以！

小弟，繼續讀你的書去。

書都被你扔了……

空空

由於李賀是宗室遠支，加上有韓愈的強烈推薦，
他還是去長安當了一個小官。

雖然是個小官，
但我可以努力升職呀。

李賀當的官是奉禮郎，從九品，主要管朝拜、祭祀時的禮儀等。

在長安期間，李賀與陳商結為好友，
他們和志同道合的朋友一起喝酒遊玩，盡情盡興。

祝我們友誼長存！

陳商

陳商（?—855），字述聖，宣州當塗（今安徽當塗）人，當時他還沒有中舉，生活貧寒，李賀卻非常敬重他。

李賀在〈贈陳商〉中寫道：「淒淒陳述聖，披褐鉏俎豆。學為堯舜文，時人責衰偶。」

有一次，李賀和朋友去看樂壇巨星李憑的演奏會，
遇到一個喝多了的同事，他醉醺醺地嘲笑李賀不會寫五言詩。

> 兄弟，你不行啊，
> 五言詩都不會寫，
> 跟謝靈運、陶淵明比起來差遠啦。

> 這人有什麼毛病？

李賀怎麼能服氣！他張口就吟誦了一首五言詩，
把同事聽得目瞪口呆。

解讀

這首詩雖然有對年華易逝的感歎，但整體風格昂揚向上。

> 今夕歲華落，
> 令人惜平生。

> 不愧是你！

今夕歲華落，令人惜平生。心事如波濤，中坐時時驚。朔客騎白馬，劍弭懸蘭纓。俊健如生猱，肯拾蓮中螢。

——李賀〈申鬍子鞡篥歌〉

隨後，他們進場聽李憑彈箜ㄎㄨㄥ篌ㄏㄡˊ，
精妙絕倫的演奏，引得李賀詩興大發。

李憑是唐憲宗時期紅極一時的宮廷樂師，以擅長彈奏箜篌聞名。

一首〈李憑箜篌引〉在他筆下誕生，震驚四座！

昆山玉碎鳳凰叫，芙蓉泣露香蘭笑。

——李賀〈李憑箜篌引〉

解讀

樂聲清脆動聽，像擊碎昆侖山美玉，又像鳳凰在鳴叫，時而使在露水中的芙蓉飲泣，時而使香蘭開懷歡笑。

這超乎尋常的詩歌想像力，讓李賀一戰封神！

解讀

高亢的樂聲直衝女媧煉石補過的天際，擊碎補天的五彩石，散落了漫天綿綿的秋雨。

女媧煉石補天處，石破天驚逗秋雨。

——李賀〈李憑箜篌引〉

但更多的時候，李賀看到的是各種黑暗的現實，
卻看不到自己的前途。

夜飲朝眠斷無事，楚羅之幃臥皇子。

詩句出自李賀的〈夜飲朝眠曲〉，這首詩描寫貴族晚上沉溺溫柔鄉，白天卻呼呼大睡，諷刺他們日夜顛倒、縱情享樂。

在奉禮郎這個職位上，
李賀只能做些微不足道的雜事，根本無法實現理想。

三年了，
每天就是掃掃院子，
偶爾搞搞祭祀……

他只能通過幻想神仙生活和仙境風光，
暫時逃離熊世間的煩惱。

老兔寒蟾泣天色，雲樓半開壁斜白。玉輪
軋露濕團光，鸞珮相逢桂香陌。黃塵清水
三山下，更變千年如走馬。遙望齊州九點
煙，一泓海水杯中瀉。——李賀〈夢天〉

從這裡往下看，
世界多小啊，海水都像
是從杯子裡倒出來的。

遙望齊州九點煙，
一泓海水杯中瀉。

解讀

李賀在此期間寫了〈夢天〉、〈天上謠〉等多
首詩歌。〈夢天〉描寫了詩人夢遊月宮的情景，
前四句寫月宮景象，後四句寫在月宮看人世間
的感覺。想像豐富，構思奇妙，寄寓了詩人對
人世滄桑的感慨。

他常出遊至荒山古墓間尋找作詩的靈感，
還構建出可怕的鬼魅世界，抒發自己的痛苦和茫然。

解讀

鴞指貓頭鷹，被古人認為是一種不祥的鳥。這是一首描寫神將驅逐鬼怪的詩歌。

鳥都成精了，我還是個奉禮郎。

我們就不該跟你來玩試膽遊戲⋯⋯

桂葉刷風桂墜子，青狸哭血寒狐死。
古壁彩虯金帖尾，雨工騎入秋潭水。
百年老鴞成木魅，笑聲碧火巢中起。
——李賀〈神弦曲〉

「鬼詩」就這樣成為他的獨特風格。

解讀

在這首懷古詩中，詩人來到長平古戰場的遺址，進行了一次蒼涼的祭奠。

熊貓英靈啊，我來看你們啦。

漆灰骨末丹水沙，淒淒古血生銅花。⋯⋯左魂右魄啼肌瘦，酪瓶倒盡將羊炙。蟲棲雁病蘆筍紅，回風送客吹陰火。
——李賀〈長平箭頭歌〉

李賀被當時的熊貓追捧為「詩鬼」。

李賀被稱為「詩鬼」，是因為他創作角度奇特，想像力極為豐富，常用神話托古喻今，他創作的詩文也被稱為「鬼仙之辭」。

這種詩歌再多寫點兒吧！

你們居然喜歡這種風格，我還以為除了我，沒熊貓喜歡呢。

儘管現實昏暗無路，李賀依舊沒死心，
他不想就這麼過完一生。

好兄弟，
我要去別的地方碰碰運氣。

去吧，
不管你做什麼，
我都支持！

他辭了工作，南下遊歷，又西進長安，
最後北上潞ㄌㄨˋ州，進了軍隊做幕僚……但這條路也走不通！

李賀的上司告病離職，他只能失業回鄉。

當時，李賀在昭義軍節度使郁士美帳下做幕僚，因北方反叛的藩鎮勢力強大，郁士美討叛無功，只能告病到洛陽休養，李賀因此失去工作。

時運不濟，報國無門，令李賀痛苦不堪。

桐風驚心壯士苦，衰燈絡緯啼寒素。誰看青簡一編書，不遣花蟲粉空蠹。思牽今夜腸應直，雨冷香魂吊書客。秋墳鬼唱鮑家詩，恨血千年土中碧。

——李賀〈秋來〉

解讀

這首詩用桐風、衰燈、寒素、冷雨、秋墳、恨血等意象構成一幅淒涼的畫面，抒發了悲秋之情，寫盡了詩人感歎命運不濟、報國無門的悲涼和痛苦。

他因此憂鬱成疾，加上先天體弱，
最終在二十七歲就英年早逝。

李賀的一生如流星，短暫又無比燦爛。

他用腦洞大開的另類才華，拉起一面「鬼才」大旗，
在名家輩出的唐代詩壇中佔據了一片天地。

李賀是繼屈原、李白之後又一位享譽盛名的浪漫主義詩熊，
他的詩作是華夏文學史上一道獨特的風景！

您寫的詩那麼另類，
是為了博取關注嗎？

我就是我，
是顏色不一樣的煙火。

我們選取了三首李賀的詩，快來讀一讀吧。

馬詩

大漠沙如雪，燕山月似鉤。

何當金絡腦，快走踏清秋。

解讀： 大漠的沙像雪一樣，燕然山上明月當空，如彎鉤一般。什麼時候才能給我的馬戴上用黃金裝飾的籠頭，在疆場上馳騁，建立功勳呢？這首詩是詩人辭去奉禮郎後所寫，表達了詩人懷才不遇的苦悶和想建功立業的抱負。

雁門太守行

黑雲壓城城欲摧，甲光向日金鱗開。

角聲滿天秋色裡，塞上燕脂凝夜紫。

半卷紅旗臨易水，霜重鼓寒聲不起。

報君黃金臺上意，提攜玉龍為君死。

解析： 一般來說，很少有人用鮮豔色彩的詞語來描繪悲壯慘烈的戰鬥場面，但這首詩將金色、胭脂色、紫紅色等色彩和黑色、秋色、玉色交織在一起，構成色彩斑斕的奇詭畫面，準確表現了特定時間、特定地點的邊塞風光，以及瞬息萬變的戰場，表達了戰士誓死報國的決心。

李憑箜篌引

吳絲蜀桐張高秋，空山凝雲頹不流。

江娥啼竹素女愁，李憑中國彈箜篌。

昆山玉碎鳳凰叫，芙蓉泣露香蘭笑。

十二門前融冷光，二十三絲動紫皇。

女媧煉石補天處，石破天驚逗秋雨。

夢入神山教神嫗，老魚跳波瘦蛟舞。

吳質不眠倚桂樹，露腳斜飛濕寒兔。

解析： 這首詩運用一連串比喻，傳神地再現了樂師李憑創造
的音樂境界，生動地記錄下李憑彈奏箜篌的高超技藝，也表
現出詩人對樂曲的深刻理解。全詩運用了大量的聯想、想像
和神話傳說，充滿浪漫主義氣息，是唐詩中以詩寫音樂的名
篇。

《昌谷集》

　　李賀的家鄉昌谷在今天的河南省宜陽縣，因此他的作品集被命名為《昌谷集》，收錄了他生平所寫的詩歌共兩百多首。詩集由李賀的好友沈子明編撰、非常喜歡李賀的晚唐詩人杜牧作序。杜牧在序裡寫李賀是「騷之苗裔」，意思是李賀承襲了屈原的詩風，如李賀的〈神弦曲〉、〈雁門太守行〉、〈金銅仙人辭漢歌〉……等詩作，這也造就了李賀的「鬼仙之辭」。

謝謝兄弟給《昌谷集》寫序。

天妒英才！前輩有這樣的好文采，卻只活了二十七歲！

杜牧

李賀的詩袋

　　李賀寫詩不急著下筆，而是先在日常生活中挖掘題材。他常常騎著一匹瘦馬，帶著一個小童外出，邊走邊思索，一旦有了好句子或來了靈感，就記在紙上，投進小童背負的布袋裡。一到家中，他連飯也顧不上吃，就從布袋裡拿出記錄的斷章零句進行整理，把它們寫成一首首令人叫絕的詩。他母親看到這種情況，既心疼又欣慰：「唉，我這孩子寫詩非要嘔出心來才肯甘休呀！」

李賀廣場

　　要說哪個地方對李賀最有感情，當數他的故鄉——河南省洛陽市宜陽縣。為了紀念李賀，當地建造了一個李賀廣場。

　　廣場上有一座六米高的李賀雕像，九盞九米高的龍柱燈，還有兩道六米長的景觀牆，上面刻滿李賀的詩詞。「黑雲壓城城欲摧」、「雄雞一聲天下白」、「天若有情天亦老」……等，任時光流逝，李賀的詩句魅力不變。

李賀故里

「長吉（李賀）多才，棲息昌谷。」

昌谷位於宜陽縣三鄉鎮，李賀生長於昌谷，在這裡立下遠大的志向：「束髮方讀書，謀身苦不早。終軍未乘傳，顏子鬢先老。」他從這裡出發，去實現自己的抱負。遭遇現實的挫折後，他回到故鄉，寫下《南園十三首》等詩歌。經歷過宦海沉浮，最終李賀回到故鄉，寫下那首〈秋來〉。

故鄉對李賀至關重要，他生於斯，長於斯，終於斯。

文豪塗鴉牆

李賀
有人問我想對我爸說點兒什麼。我想說，這不是我爸的問題，而是時代的問題，我要是能生活在二十一世紀就好了。

10 分鐘前

♡ 韓愈，皇甫湜，陳商，沈子明，沈亞之，王參元，楊敬之，崔植

韓愈：你是個好青年，我永遠挺你。

皇甫湜：哥也是。

陳商：什麼時候想喝酒了就叫我。

沈子明：哈哈哈，可不是。

沈亞之：【摸摸頭】

李賀回覆韓愈：您已經為我做了很多，感謝！

李賀回覆皇甫湜：謝謝哥。

李賀回覆陳商：你最懂我。

李賀回覆沈子明：你還可以笑得更大聲【微笑】。

李賀回覆沈亞之：都是淚……

請叫我
「詠史聖手」！

杜牧

（803—853）

唐代文學家、詩人，京兆萬年
（今陝西西安）人，出身顯赫的
名門貴公子，人稱「詠史聖
手」，與杜甫組隊「大小杜」，
和李商隱組隊「小李杜」。

在唐代，杜氏接連出了兩位大詩熊，
合稱「大小杜」。

老杜是我們熟知的「詩聖」杜甫，
小杜比老杜小了將近一百歲，
他就是出身豪門望族京兆杜氏的杜牧。

京兆是西安的古稱，京兆杜氏是從漢朝就發展起來的一個名門望族。

小杜本是個豪門貴公子，
家住長安城南的別墅區，大豪宅裡裝滿了書。

我們家房子小，
書都快裝不下了。

這房子還小？

他這是在
低調地炫耀。

舊第開朱門，長安城中央。第中無一物，
萬卷書滿堂。

——杜牧〈冬至日寄小侄阿宜詩〉

爺爺杜佑是個文史大手，在他的影響下，
小杜從小就愛讀書，尤其喜歡歷史和軍事。

爺爺您看，
我又考滿分了。

真是我的乖孫子。

杜佑（735—812），唐代政治家、史
學家。他編纂的《通典》是中國歷史上第一
部體例完備的政書，記載了歷代典章制度
的沿革變遷。

杜佑

只可惜，爺爺和父親先後離世，
小杜的豪宅被抵了債，生活水準一落千丈。

杜牧在家族中排行十三，根據唐朝人的習慣被稱為杜十三。

我杜十三還會回來的！

但小杜沒有就此落魄，
他二十三歲寫下《阿房宮賦》，從此聲名鵲起。

〈阿房宮賦〉通過對阿房宮的興建和毀滅的描寫，總結了秦朝亡國的教訓，諷喻了當時的朝政。

〈阿房賦〉簽售會

別著急，
一個一個來！

快給我們簽名吧！

小杜憑藉這篇成名作，
在進士考試中被保送錄取，很快就順利走上了仕途。

小杜春風得意，本想大展宏圖，
但初入官場，只能做些文書類的閒活。

「平生五色線，願補舜衣裳」出自杜牧的〈郡齋獨酌〉，意思是：我有五色絲線，希望能為舜縫補衣服，比喻自己才能出眾，能幫皇帝治理國家。

於是，小杜跳槽去了江西，到沈傳師的幕府當幕僚。

好好幹，
升職加薪不是夢！

好！

沈傳師（769—835），唐代書法家，曾任江西觀察使。

幕府原指古代將軍出征時設立在帳幕內的府署，後來代指地方軍政官員的參謀團隊。

沈傳師

在沈府，小杜和歌女張好好建立起了深厚的情誼。

我很欣賞你。

我太榮幸了！

張好好

後來，張好好嫁給了沈傳師的弟弟，
小杜也轉投牛僧孺的幕府，前往大唐名城揚州居住。

揚州的美景使小杜詩興大發，
他寫下許多歌頌揚州的優美詩篇，成了揚州的形象大使。

在揚州，小杜事業上沒有什麼起色，
卻贏得了「風流詩熊」的名聲。

十年一覺揚州夢，贏得青樓薄倖名。
——杜牧〈遣懷〉

他就是傳說中的風流詩熊杜牧？

跳得真好，我很欣賞你們！

小杜的上司牛僧孺還曾派手下記錄他到處瀟灑的證據，
以此勸說他注意生活作風。

小老弟啊，你去哪裡瀟灑都被記錄在案了，注意點兒吧。

是……

不過，小杜並沒有忘記自己的治國理想，
他的筆不僅寫言情小詩，還寫下了〈罪言〉等軍事策論。

可惜，當時的唐王朝已經衰敗，政局十分混亂，
小杜的軍事天賦沒有施展之處。

他只能沉迷於歌舞宴飲，
排遣生不逢時、懷才不遇的憂傷。

不久，小杜被調去洛陽任職，
機緣巧合之下，他與歌女張好好重逢了。

張好好慘遭丈夫拋棄，小杜十分感傷，
寫下〈張好好詩〉，抒發對那個時代苦命女子的同情。

那一年好好正是豆蔻年華，
如今卻……可憐啊。

〈張好好詩〉情緒飽滿、文辭清秀，是唐詩中的佳作。這首詩的真跡現保存在北京故宮博物院。

此時身處洛陽的小杜，幸運地躲過了甘露之變這場慘劇，
但也花光了此生的運氣。

還好我不在現場……

震驚！
甘露之變，朝廷重臣死傷慘重！

太和九年（835），唐文宗不甘被宦官控制，策劃了一場誅殺宦官的奪權行動，結果大批的朝廷官員被宦官殺害，唐文宗憂鬱而死，史稱甘露之變。

這之後，小杜的仕途開始走下坡路。在牛李黨爭中，
小杜因做過牛僧孺的手下，被李黨排擠，外放到地方做官。

但小杜認認真真地做著地方官。在黃州時，他建孔廟，設學堂，
還自己當老師授課，教化百姓。

在奔波的途中，小杜遊覽了很多前朝古跡。感慨之餘，
他寫下多首懷古詠史詩，並榮獲「詠史聖手」的稱號。

撿到一件古董！

赤壁

折戟沉沙鐵未銷，自將磨洗認前朝。東風
不與周郎便，銅雀春深鎖二喬。

——杜牧〈赤壁〉

尤其是那首〈泊秦淮〉，寓情於景，感慨國家興亡，
被後世稱為「絕唱」。

解讀
賣唱的歌女不懂什麼叫亡國之恨，還在岸邊
唱著〈玉樹後庭花〉這首亡國曲。

商女不知亡國恨，
隔江猶唱後庭花。

這首歌不能
亂唱的啊……

後來，小杜升了職，被調回長安，但他早已看透時局，
對朝廷失望，只求繼續回到地方做官。

輾轉多年，小杜老了，他回到長安老家重修豪宅，
取名「樊ㄈㄢˊ川別墅」，過起了以詩會友的晚年生活。

小杜為自己親手寫下墓誌銘，在一個寒冷的冬天，
他永遠離開了這個世界，享年五十歲。

臨終前，他把人部分詩稿扔進了火裡，
燒掉了年少的風流與荒唐，也燒掉了畢生未能實現的政治理想。

杜牧的詩英姿雄發，自成一色，
一改晚唐詩風的頹喪，他和李商隱並稱「小李杜」，
共同為詩壇畫出絢爛的一筆。

小李曾給小杜寫過贈詩：
「刻意傷春復傷別，人間惟有杜司勳。」

詩句出自李商隱的〈杜司勳〉。

解讀

刻意感傷時事，述說人間別離，人世間值得推崇和讚譽的，只有杜牧！

也許，唯有真正的知音，
才能讀懂放蕩不羈的表象背後，那個最真實的杜牧。

來讀我的詩吧。

杜牧的必背詩作也不少，我們選取了其中三首，一起來看看吧！

山行

遠上寒山石徑斜，白雲生處有人家。

停車坐愛楓林晚，霜葉紅於二月花。

解讀：走上深秋時節山間那條山石斜路，遠遠看見白雲升騰的地方有幾戶人家。我停下馬車是因為喜愛楓林晚景，看那霜染的楓葉，顏色鮮豔勝過二月的花。

霜葉紅於二月花。

清明

清明時節雨紛紛，路上行人欲斷魂。

借問酒家何處有？牧童遙指杏花村。

解讀：清明時節細雨紛紛灑落，路上的行人傷心落魄地走
著。我遇到一個牧童，問他何處有酒肆，牧童遠遠指向了杏
花村。

赤壁

折戟沉沙鐵未銷，自將磨洗認前朝。

東風不與周郎便，銅雀春深鎖二喬。

解讀：一支折斷的鐵戟沉在沙裡還沒有被銷蝕，磨洗之後我發現這是赤壁之戰的遺物。當年周瑜如果不是借助東風大敗曹軍，那麼大喬和小喬也許就會被關在銅雀臺。

阿房宮賦

〈阿房宮賦〉是杜牧在二十三歲時創作的一篇賦。當時唐王朝政治腐敗，唐敬宗李湛荒淫無度，百姓苦不堪言。杜牧十分痛心，寫下〈阿房宮賦〉，通過描寫阿房宮的興建和毀滅，總結了秦朝統治者驕奢亡國的教訓，對唐朝的統治者提供了深刻的教訓和警示，表現出他憂國憂民、匡時濟俗的情懷。

《樊川文集》

　　《樊川文集》是由杜牧的外甥裴延翰整理編成的杜牧詩文集，共二十卷，收錄作品四百五十多篇，其中詩歌一百七十八篇。樊川是杜牧的號，因杜牧晚年閒居於長安城南的樊川別墅，後世稱他為杜樊川。

為什麼杜牧要寫這麼
多詩文呀，
嗚嗚嗚……
熊家學得好辛苦。

秦淮河

　　今天我們遊學打卡的地方，是歷史文化名地秦淮河。秦淮河大部分位於有「六朝古都」之稱的南京市境內，因杜牧〈泊秦淮〉一詩而家喻戶曉。這裡流淌的河水見證了王朝的興替和歷史的滄桑。

　　讓我們追隨詩人杜牧的足跡，乘舟夜遊秦淮河，在迷離的燈影和兩岸遊客的喧鬧聲中，感受「煙籠寒水月籠沙，夜泊秦淮近酒家」的意境吧。

杜牧

這麼多年大家一直拿有色眼鏡看我，「贏得青樓薄倖名」只是一句自嘲，卻成了我的人設，為什麼大家就是不懂我呢？

14 分鐘前

♡ 李商隱，姜夔，劉熙載，劉克莊，陸游，楊萬里

李商隱：我家小杜是最棒的！

姜夔：作為你的頭號粉絲，我當然懂你！

杜牧回覆姜夔：謝謝你在詞裡多次提到我，比心。

姜夔回覆杜牧：每次到揚州，我就會想起你，嘿嘿。

管世銘：杜紫薇，你是個寫詩的天才，尤其是七言絕句，太絕了！

杜牧回覆管世銘：哎喲，怎麼又叫我杜紫薇了。

管世銘回覆杜牧：還不是因為你的紫薇詩寫得出神入化！

劉熙載：細讀你的詩，就知道你人如其詩，個性張揚有豪氣，絕不是普通的風流浪子。

宣和書譜：必須出來宣傳一下，杜牧先生的行書和草書氣勢雄健，堪稱一絕！

我是憂鬱的「情歌王子」。

李商隱

(約813—約858)

唐代詩人，字義山，號玉谿生，又號樊南生。他擁有最細膩的筆觸，最深情的靈魂，身上總是帶著憂鬱氣質。他常常抱著他那張錦瑟，在寂靜的夜晚，彈奏一曲曲來自心靈深處的「無題」歌。

隨著唐朝走向沒落，
唐詩也不可避免地從輝煌走向沉寂。

一位詩熊卻在黃昏的天際繪製出絢麗的晚霞，
讓晚唐詩壇又燦爛了一次。

這個詩熊姓李，自稱與李唐皇族同宗，
他就是「唐詩三李」中的最後一個——李商隱。

李白、李賀、李商隱分別是盛唐、中唐、晚唐的代表詩人，在唐詩上成就斐然，被後人稱為「唐詩三李」。

李商隱的熊生逆風開局，
他年幼喪父，家境貧寒，十來歲就打工掙錢。

「傭書販舂」出自李商隱給姐姐寫的悼文〈祭裴氏姊文〉，意思是李商隱記述自己少年時靠給別人抄書貼補家用。

但他天資聰穎，在一個族叔的教導下順利成長，
十六歲就以兩篇文章引起很多大佬的注意。

這兩篇文章是〈才論〉、〈聖論〉，令已不存。

這孩子，有天分！可惜家庭條件太差了，以後……不好說呀。

是啊。

其中有個叫令狐楚的大佬特別欣賞李商隱，
不僅親自指點李商隱寫駢文，還讓他跟兒子令狐綯(ㄊㄠ)交遊。

令狐楚（766或768—837），字愨士，唐代文學家，能文工詩，尤擅駢文。

少年，跟我走，我把畢生所學都教給你。

真的嗎？

真的！

令狐楚

令狐綯

商隱能為古文，不喜偶對。從事令狐楚幕。楚能章奏，遂以其道授商隱，自是始為今體章奏。博學強記，下筆不能自休，尤善為誄奠之辭。
——《舊唐書·李商隱傳》

這讓天性敏感、從小經歷坎坷的李商隱特別感激。

解讀

這首詩表達了李商隱對令狐楚的感激，以及自己躊躇滿志，想幹一番大事業的抱負。

老師，我願意當牛做馬報答您的恩情。

你把我教你的都學好了，就是最好的報答。

微意何曾有一毫，空攜筆硯奉龍韜。
自蒙半夜傳衣後，不羨王祥得佩刀。
——李商隱〈謝書〉

在令狐父子的提攜下，李商隱進入上流交際圈，
並在二十四歲考中進士，前途看似一片光明。

不錯不錯，一表熊才。

您好。

這就是我跟你說的李商隱。

但李商隱還沒來得及發光發熱，令狐楚就突然去世了。

李商隱悲痛萬分，
揮毫寫下〈奠相國令狐公文〉，送走亦師亦父的令狐楚。

〈奠相國令狐公文〉是李商隱給令狐楚寫的誄文，相當於今天的致悼詞。在這篇誄文中，李商隱歌頌了令狐楚的功績，表達了自己對他離世的悲痛。

老師離世，熊世間又是這樣一副慘不忍睹的模樣，
李商隱胸中憤慨，寫詩激烈批判當權者。

解讀

這首詩是李商隱祭奠完令狐楚，返回長安途中看到國事衰敗、民不聊生的情景，憂心忡忡之下所作，年輕健壯的男子全被充軍，只有年老病弱的人留守空村，揭露了唐王朝內部的各種腐敗現象，批判統治者倒行逆施。

我一定要改變這種情況，讓國家振作起來，這也是老師的遺志！

少壯盡點行，疲老守空村。
生分作死誓，揮淚連秋雲。
——李商隱〈行次西郊作一百韻〉

不過有個現實問題擺在李商隱面前，
他還得養家糊口。

哥哥，你帶吃的沒？
我好餓。

空

家裡都沒米了。

哥哥帶你們買吃的去。

正當李商隱準備投履歷時，
有一個欣賞他很久的節度使王茂元直接讓他去上班。

王茂元（？—843），唐朝中後期將領，以好學、有勇略著稱。他在招攬李商隱時任涇原節度使。

年輕人，還在為找工作發愁嗎？
來我這裡吧！待遇優厚。

王茂元

那……好吧……

李商隱被王茂元的誠意感動，跟著他做了幕僚，
還意外地跟他女兒一見鍾情。

你……沒事吧？

嗯……

王氏

他曾經有過喜歡的姑娘，但由於種種原因，沒有在一起，
這次他不想再錯過！

在親朋好友的祝福下，兩熊走進浪漫的婚姻殿堂。

本來一切都很美好，
可李商隱沒想到，這場婚姻將他拖進了黨爭的旋渦。

當時正值牛李黨爭，令狐楚父子屬於「牛黨」，
王茂元屬於「李黨」，兩個黨派鬥得你死我活。

於是，牛黨把李商隱視為叛徒，他從此被令狐綯記恨疏遠。
這直接導致李商隱沒有通過當年的吏部授官考試。

第二年，李商隱才通過考試，
當了個九品小官。

但牛黨的打擊還沒結束。很快，李商隱被排擠出長安，
還被上司各種刁難，他忍無可忍，辭職了。

但他從沒後悔娶了王氏，
夫妻感情一直很好。

幸運的是，這時李黨上位，全面掌控朝政。
李商隱躊躇滿志，準備大幹一場。

就在這關鍵時期，他的母親去世了，
他得回家守孝三年。

就這樣，李商隱錯過了李黨執政的輝煌期。

等他再回來，晴天霹靂一個接一個劈下來，
岳父去世，皇帝換了，李黨下臺，牛黨上位……

李商隱處境艦尬，他是牛黨的「叛徒」，
又不被李黨信任，仕途幾乎徹底斷絕。

從此，他一直輾轉於幕府和官場底層，
政治熱情慢慢被消磨殆盡。

他的命運就如同西漢才熊賈誼，一生懷才不遇。

宣室求賢訪逐臣，賈生才調更無倫。

可憐夜半虛前席，不問蒼生問鬼神。

——李商隱〈賈生〉

> 我就和賈誼
> 一樣命苦……

解讀

漢文帝求賢召見被貶的賈誼。賈誼才華橫溢，但漢文帝盡問鬼神之事，隻字不提國事民生。李商隱藉賈誼的遭遇，抒發自己懷才不遇、壯志難酬的感傷。

他鬱悶難消時，就去登高遠眺。

詩句出自李商隱的〈登樂遊原〉，意思是傍晚時心情不快，駕著車登上樂遊原。夕陽無限美好，只不過就要落山了。表達了詩人無力挽留美好事物的傷感。

向晚意不適，驅車登古原。

夕陽無限好，只是近黃昏。

> 夕陽真美，
> 但很快就落下去了……

114・大貓熊文豪班 6

李商隱的事業不順，感情上也遭到重大打擊。

愛妻王氏突然去世，李商隱痛苦極了。

劍外從軍遠，無家與寄衣。

散關三尺雪，回夢舊鴛機。

——李商隱〈悼傷後赴東蜀辟至散關遇雪〉

解讀

我去蜀地任職的路途很遙遠，沒有人給我寄冬天的衣服，關心我冷不冷。大散關的皚皚白雪有三尺厚，往事如夢，想起昔日你為我織布的場景，我萬分悲痛。

他回顧一生：才高無用，壯志難酬；愛而不得，生死兩隔；
一世辛苦，半世流離，最終夢破人散……

錦瑟無端五十弦，一弦一柱思華年。莊生曉夢迷蝴蝶，望帝春心托杜鵑。滄海月明珠有淚，藍田日暖玉生煙。此情可待成追憶，只是當時已惘然。

——李商隱〈錦瑟〉

您怎麼了？

人生如夢，一杯酒，一曲歌……

解讀

這首詩被稱為千古第一謎詩。有人說這首詩是李商隱睹物思人，寫給妻子王氏的悼亡詩；也有人說這是描寫音樂的詠物詩；還有人說是抒情詩，抒發了詩人對過去美好年華的思念。

這些細膩複雜的情感被李商隱傾瀉進詩歌中，
一首首難以解讀的無題詩就此誕生。

無題詩是詩歌的一個類別，意思是沒有題目的詩。之所以用「無題」作題目，是因為作者不便於或不想直接在題目中顯露詩歌的主旨。

義山，你寫得太好了！

怎麼都沒有題目啊？

人生都沒有題目，更何況是詩歌。

這些詩沒有讀者能徹底解釋明白，
卻又讓讀者柔腸百結，難以釋懷。

李商隱寫了數十首無題詩，這些詩歌中摻雜著他的政治失意和愛情失意，運用多種手法，將自己滿腔的憂傷、憤懣之情，形象而委婉地抒發出來。

來是空言去絕蹤
月斜樓上五更鐘

春心莫共花爭發
一寸相思一寸灰

那些詩句朦朧、傷感，又蘊含美感。

雖然不知道說了什麼，但我想哭……

雖然不知道說了什麼，但是好美……

金代文學家元好問曾感嘆：「詩家總愛西昆好，獨恨無人作鄭箋。」意思是：李商隱的詩寫得很好，大家都很喜歡，但沒人能做注解，說出那些詩是什麼意思。

李商隱的愛情斷送了他的事業，
但他的痛苦卻造就了他的詩情。

重幃深下莫愁堂，臥後清宵細細長。神女生涯原是夢，小姑居處本無郎。風波不信菱枝弱，月露誰教桂葉香。直道相思了無益，未妨惆悵是清狂。

——李商隱〈無題〉

直道相思了無益，
未妨惆悵是清狂。

解讀

這首抒情詩是以女性視角描寫的，刻畫了一個深夜追憶往事的女子形象，抒發了相思無望的苦悶之情。

李商隱開創了傷感美學，
開闢了唐詩的新紀元，被認為是朦朧詩的老祖宗。

於李、杜、韓後，能別開生路，自成一家者，唯李義山一人。

——吳喬《圍爐詩話》

如果有可能，希望你們
永遠都開這麼好啊。

朦朧詩以內在精神世界為主要表現物件，處於表現自己和隱藏自己之間，呈現出詩意朦朧、主題多義的特徵。

作為晚唐一代詩熊，
他的詩歌一直深受後世熊貓喜愛，被大家讚揚、效仿。

夜雨寄北

君問歸期未有期，巴山夜雨漲秋池。

何當共剪西窗燭，卻話巴山夜雨時。

解讀：這首詩是身在巴蜀的李商隱給在長安的妻子（一說友人）寫的回信，表達了詩人孤獨淒涼的心境，以及對妻子深深的思念。

無題

相見時難別亦難，東風無力百花殘。

春蠶到死絲方盡，蠟炬成灰淚始乾。

曉鏡但愁雲鬢改，夜吟應覺月光寒。

蓬山此去無多路，青鳥殷勤為探看。

解讀：這首詩以「別」為詩眼，融入愁苦與無奈、惆悵而傷感的感情。有人說這首詩寫的是愛情，也有人說寫的是友情，但不管主題是什麼，這首詩比喻淺俗易懂，手法巧妙自然，情懷淒苦而不失優美，是李商隱最為傳誦的名篇之一。

相見時難別亦難，東風無力百花殘。

駢文

　　前面提到李商隱跟令狐楚學習駢文，他們兩人的駢文都寫得非常好。那什麼是駢文呢？它是一種文體，起源於漢末，形成並盛行於南北朝時期，又稱駢體文、駢儷文或駢偶文，因其常用四字句、六字句，也稱「四六文」或「駢四儷六」。駢文講究對偶、聲律和藻飾、用典。

　　歷史學家范文瀾對李商隱的駢文評價很高，認為只要他的《樊南文集》存留，就算唐代的駢文全部遺失也不可惜。

嗚呼！滎水之上，壇山之側。汝乃曾乃祖，松檟泰⋯⋯伯姑仲姑，⋯⋯華彩⋯⋯汝來⋯⋯汝來受⋯⋯汝伯祭汝，汝父哭汝，哀哀寄寄，汝知之耶？

熔百家於一爐

　　李商隱的詩歌有廣泛的師承。他悲愴哀怨的情思和香草美人的寄託源於屈原；他詩歌意旨遙深的風格與阮籍有相通之處；他繼承了杜甫詩歌憂國憂民的精神和沉鬱頓挫的風格，比如前文提到的〈行次西郊作一百韻〉，再比如「死憶華亭聞唳鶴，老憂王室泣銅駝」（〈曲江〉）；他受到李賀幽約奇麗詩風的影響；他也吸收了韓愈詩歌雄放奇崛的風格；他還有一些詩歌清新流麗，類似六朝民歌……

　　正因為站在了一個個巨人的肩膀上，李商隱才能在唐詩發展完備、大家輩出之後，又將唐詩引領上一個高峰。

樂天投兒

　　晚年的白居易非常喜歡李商隱的詩，他曾經對李商隱開玩笑說：「希望我死後能夠投胎當你的兒子。」後來，李商隱的大兒子出生，取名叫白老，可這個兒子卻資質魯鈍。幾年後，李商隱的小兒子李袞師出生，這個孩子非常聰明，大家都笑著說：「如果白居易投胎，應該投到小兒子身上才是。」

　　這個小故事記於宋朝蔡居厚《蔡寬夫詩話》中。

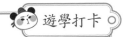
李商隱公園

今天陽光真好，我們一起去河南省滎(Tz)陽市的李商隱公園逛一逛吧。

走進公園的大門，美景和詩情一起湧來。這裡不僅塑有李商隱的雕像，還有鐫刻著他的詩歌的詩牆供人們欣賞。走過蜿蜒的林蔭小路、曲折的棧橋，當你在林中駐足，或在亭中觀景時，你總能在不經意間和李商隱的詩歌打個照面，讀上一句「此情可待成追憶，只是當時已惘然」，再配上清風花香，別有滋味。

晚上，還可以去附近的美食集市，吃吃喝喝，玩玩逛逛，盡情享受遊玩樂趣。

 李商隱
希望後人不要再討論我的感情史了，我多情、深情，但不濫情。

10分鐘前

♡ 白居易，溫庭筠，令狐楚，令狐綯，王茂元，王氏，崔珏，宋華陽，柳枝

白居易：小弟，多說無用，後人不會聽的，我就是活生生的例子。

令狐綯：【白眼】【白眼】【白眼】

宋華陽：你小時候不是學仙嗎，後來怎麼又對學佛感興趣了？

柳枝：有您給我寫的〈柳枝五首〉，我這輩子值了。

溫庭筠：老兄，你這話可沒說服力。

崔珏：這次我幫不了你。

李商隱回覆白居易：可不是。

李商隱回覆宋華陽：人生際遇不同，喜歡的自然不同。

李商隱回覆柳枝：幾首詩算什麼，你要過好自己的生活。

李商隱回覆溫庭筠：你就故意引戰吧。

李商隱回覆崔珏：清者自清。

王氏：我信你，你什麼時候回來？

李商隱回覆王氏：【大哭】

花間詞祖
就是我！

溫庭筠
（約801—866）

第一位專業詞人，金牌詞曲作家。「花間派」的立派宗師，被尊稱為「花間詞祖」。因特別擅長考試，叉八次手能成八韻，人送外號「溫八叉」。他是高智商低情商的代表，一生懷才不遇。

中晚唐時期，宦官專權，藩鎮割據，
唐朝統治搖搖欲墜，熊貓文士的心態也瀕臨崩潰。

部分熊貓文士開始縱情享樂，通過聽曲玩樂排遣心中的失意，
一時興起，他們也會為曲子填詞。

「詞」這種文體慢慢火了起來，
很快，出現了第一位專業寫詞的詞熊！

大家快來寫詞吧！

我來，我來！

算我一個！

詞，是詩的別體，又稱「詩餘」，是隋唐時期興起的一種新的文學體裁。詞最初是為配合樂曲而填寫的，用於演唱。詞不像詩那樣要求嚴格，對格律的規定更加靈活。

他，就是名字起得很詩意，
長得卻很隨意的詞壇先鋒溫庭筠。

我很醜，
但我很有才！

這位才熊的相貌，
看得我都吃不下竹筍了。

不行，
我眼睛好辣！

溫庭筠

《舊唐書》記載溫庭筠行為風流，不注重儀表。野史記載溫庭筠綽號「溫鍾馗」。鍾馗是傳說中捉鬼的俗神，長相特別醜陋，因此後世有人認為溫庭筠長得很醜。

溫庭筠原名溫岐，字飛卿。他出身名門，是宰相之後，
但到了他這一代，家族已經沒落。

媽媽，我不想吃老竹子，
硬得咬不動。

家裡的祖先不是宰相嗎？
為什麼竹筍都吃不起？

那都是一百多年前的事了，
想吃竹筍得靠我們自己。

為了重振門楣，小溫勤學苦讀，很快就點亮了學霸技能，
小小年紀就能輕鬆寫出萬字小論文。

熊貓就要多讀書！

貓不是應該學打扮嗎，
讀書能變漂亮？

讀書可以變得有才呀！
有才也能被喜歡。

課餘時間，小溫學習各種樂器，
在音樂方面顯露出超高的天賦。

解讀

溫庭筠善於彈琴和吹笛子，號稱摸到琴弦就能彈奏，看到有孔的樂器就能吹奏。

這些我都會了，還有別的嗎？

這麼有天賦，真是老天爺賞飯吃啊！

善鼓琴吹笛，云：「有弦即彈，有孔即吹。」

——《唐才子傳》

雖然天資聰穎，但小溫不甘心在家苦讀，
他想當個自由的熊貓，於是便出門遊學。

家裡太不自由，我要出去闖蕩了。

小溫這麼有才，肯定能做大官，好羨慕。

我看他就是一個浪子，放蕩不羈，未必能做上官。

世界

遊學的熊貓都想靠舉薦獲得做官的機會，
小溫在揚州遇到了看好他的官員姚勗，給了他一筆進修費。

小野子，我看好你喲，
拿著這筆錢去進修吧！

初從鄉里舉，客遊江淮間，揚子留後
姚勗厚遺之。
——〈玉泉子〉

解讀

溫庭筠想通過官員舉薦做官。他遊歷到江淮一帶時，揚州官員姚勗（唐代史學家）資助他一筆錢。

但是小溫一有錢，便禁不住誘惑，
被一群朋友拉著在歌樓舞館吃喝玩樂。

大家乾杯，
今天我請客！

喝！

溫兄真大方！

虯鬚公子五侯客，一飲千鍾如建瓴。
——溫庭筠〈夜宴謠〉

解讀

這句詩是溫庭筠對貴族宴飲奢靡生活的描寫，一定程度上反映了當時的社會現實。

看到小溫這麼不上進，姚勛生氣地把他趕走了。
小溫沒臉見親戚，於是改名溫庭筠，前往長安重新發展。

解讀

溫庭筠當時太年輕，把錢都用來吃喝玩樂，姚勛大怒，把溫庭筠打了一頓趕走了。

給你錢是讓你好好讀書，
不是讓你亂花的！

啊──

臉都丟光了，
改個名字重新做熊吧！

庭筠少年，其所得錢帛，多為狹邪所費，勛大怒，笞而逐之。
──〈玉泉子〉

來到長安後，溫庭筠依舊不改浪子本色，
經常去歌樓舞館喝酒玩樂。

彈得真好！

反正沒熊認識我，
怎麼瀟灑怎麼來吧！

這麼有才華！

當時，詞大多來自民間，
大部分熊貓文士認為寫詞比較低俗，
溫庭筠卻毫不在意，經常動手填詞。

當時詞和詩差別很大，詩言志，詞抒情，詞一般都在青樓酒肆盛行，就相當於現在的言情小說，當時飽讀聖賢書的文人們不屑寫詞。溫庭筠作為第一個大量寫詞的文人，使詞由民間創作轉向了文人創作。

正經熊貓誰寫詞呀！

這曲子的詞太差了，看我來重新填詞！

低俗，太低俗了。

他的詞描繪出了深閨女子的相思離愁，
文筆細膩，辭藻華麗，在當時很受歡迎。

我懂她的憂傷，我要給她寫詞。

梧桐樹，三更雨，不道離情正苦。
一葉葉，一聲聲，空階滴到明。

—— 溫庭筠〈更漏子・玉爐香〉

解讀

窗外的梧桐樹，正淋著三更的冷雨，也不管屋內的她正為別離傷心。雨點正淒涼地敲打著梧桐葉，滴落在無人的石階上，一直到天明。

一句「玲瓏骰子安紅豆，入骨相思知不知」，
更是令溫庭筠紅遍整個長安城。

井底點燈深燭伊，共郎長行莫圍棋。玲瓏骰子安紅豆，入骨相思知不知。

——溫庭筠〈新添聲楊柳枝詞〉

解讀

這首詞巧妙運用諧音的手法，風趣、含蓄地表達了女子的思念之情。

這詞寫得太好了！

玲瓏骰子安紅豆，入骨相思知不知。

是這裡的常客溫庭筠寫的。

我又出名了？沒辦法，才華藏不住啊。

溫庭筠出了名，運氣也來了。
太子李永看中了他的才華，邀請他入府交遊。

真不錯，溫兄無論是音樂還是文采，都讓熊羨慕啊。

太子李永

李永（?—838），唐文宗李昂之子，愛好出遊，去世後諡號為莊恪。

李商隱 · 137

可惜沒多久，太子就在宮鬥中失敗而死，
溫庭筠因為名聲不好，被認為「帶壞太子」，受到了牽連。

溫庭筠無奈地寫下「積毀方銷骨，微瑕懼掩瑜」，
以此表達內心的不甘。

解讀

詩句出自〈病中書懷呈友人〉，意思是眾人的詆毀足以毀掉一個人，一個小小的瑕疵就能掩蓋美玉的光彩。

雖然聲名受累，但溫庭筠才名在外，
後來受到宰相令狐綯賞識，進入了他的書館，待遇非常優厚。

沒想到令狐綯竟然別有用心，
他把溫庭筠填的〈菩薩蠻〉獻給了唐宣宗，
還謊稱是自己寫的，並嚴令溫庭筠不許說出去。

解讀

這首詞寫出了女子起床梳洗時的嬌慵姿態和化完妝後的情態，表現出了女子孤獨寂寞的心境。

小山重疊金明滅，鬢雲欲度香腮雪。懶起畫蛾眉，弄妝梳洗遲。照花前後鏡，花面交相映。新帖繡羅襦，雙雙金鷓鴣。

——溫庭筠〈菩薩蠻‧小山重疊金明滅〉

溫庭筠非常鬱悶，在一次醉酒的時候，
把代筆的事說了出去，讓令狐綯非常惱火。

> 獻給陛下的
> 〈菩薩蠻〉是我寫的！

> 他好狂啊，
> 這種事也敢說出來！

> 這麼大的祕密
> 不能只有我們知道！

後來又有一次，令狐綯問溫庭筠一個典故，
溫庭筠藉機勸他多讀點兒書，
令狐綯認為溫庭筠在諷刺他，從此記恨在心。

《南華經》就是《莊子》，是戰國時期哲學家莊子及其後學所著道家學說的匯總。莊子被後世尊為南華真人，因此《莊子》又稱《南華經》。

> 這本《南華經》也不生僻，
> 您還是多看點兒古書吧。

> 你小子是在
> 諷刺我書讀得少嗎？

得罪令狐綯之後，溫庭筠決定不再找大佬舉薦，
而是改走科舉之路，發揮自己「考霸」的實力。

溫庭筠一出手，
就在京兆府試中輕鬆拿了個第二名。

考試時，他完全不用打草稿，吟詩作文就像叉手那樣簡單，
叉八次手就寫好交卷了，因此獲得外號「溫八叉」。

每試，押官韻……謂八叉手成八韻，名「溫八叉」。
——《唐才子傳》

這道題太簡單了，等我叉手熱個身。

這也太囂張了，搞行為藝術嗎？

咔嚓

官韻是朝廷頒佈的韻書，科舉考試必須按照韻書來押韻。

然而，溫庭筠不知道的是，因為惹惱了令狐綯，
他已經上了科舉黑名單，卷子答得再好也不可能考中進士了。

晚唐時期科舉制度腐敗，當權者可以暗箱操作，經常在考試還沒開始時，就把錄取的名單定下來了。

是，宰相大人！

這個溫庭筠熊品太差，一定不能讓他考中。

他明明考得很好，可惜了……

溫庭筠屢試不第，一代才熊只能日日混跡於歌樓舞館，
通過寫詞排遣懷才不遇的憂傷。

解讀

詞人滿腹哀怨，對月抒懷，月卻不解他的心事；臨水看花，花卻飄零而去，無人憐惜。這首詞刻畫了詞人孤獨寂寞、自艾自憐的形象。

千萬恨，
恨極在天涯。

同是天涯有恨熊……

千萬恨，恨極在天涯。山月不知心底事，水風空落眼前花、搖曳碧雲斜。

——溫庭筠〈夢江南·千萬恨〉

在消磨時光的日子裡，溫庭筠認識了年輕的魚玄機，
他欣賞魚玄機的才情，兩人結為忘年之交。

魚玄機（約844—868），晚唐女詩人，與溫庭筠為忘年之交。她十幾歲時嫁給李億為妾，後被拋棄，出家做了女道士。這首〈贈鄰女〉又名〈寄李億員外〉，表達了古代女子被遺棄的怨恨和控訴。

詩寫得不錯。

都是師父教得好。

魚玄機

羞日遮羅袖，愁春懶起妝。易求無價寶，難得有心郎。

——魚玄機〈贈鄰女〉

魚玄機能夠成為唐代著名的女詩熊，少不了溫庭筠的培養。
他們經常寫詩唱和，成為流傳至今的佳話。

枕簟涼風著，謠琴寄恨生。稽君懶書禮，底物慰秋情？

——魚玄機《遙寄飛卿》

好無聊，
坐等小魚給我寫詩。

我的詩來了！

解讀

這首詩是魚玄機寫給溫庭筠的，表達了對溫庭筠的思念之情。

然而，倒楣的熊貓吃竹筍都咬斷牙。
相傳溫庭筠一次喝醉了回到驛館，
遇到微服私訪的唐宣宗。他有眼不識泰山，嘲諷了皇帝一頓。

唐宣宗李忱（810—859），唐朝皇帝。

看你這樣子，
不是個管馬的小官，
就是寫文書的小吏！

這個討厭的
傢伙是誰？

微服私訪

唐宣宗

唐宣宗莫名其妙被嘲諷，對溫庭筠十分不滿，
打發他去一個偏遠地方做小官，將他踢出了長安。

離開生活許久的長安，溫庭筠心情十分悲涼，
在途中寫下了千古名篇〈商山早行〉。

晨起動征鐸，客行悲故鄉。雞聲茅店月，
人跡板橋霜。

——溫庭筠〈商山早行〉

解讀

溫庭筠久居長安，把長安視作故鄉，這首詩寫於他離開長安途經商山的旅途中，滿懷孤寂和思鄉之情，是文學史上寫羈旅之情的名篇。

溫庭筠自此輾轉各地，多年後才被召回長安當國子助教，
主持科舉考試，這也是他仕途的巔峰。

雖然歷盡坎坷，溫庭筠骨子裡依然不羈，
他要公平選拔熊才，卻因為觸動權貴們的利益，
再次被趕出長安。

溫庭筠此時年事已高，
他自此鬱鬱寡歡，最終落魄而死。

解讀

過去幾年間艱辛的歲月我們一同度過，到頭來卻是一場空。可喜的是過去的朋友已經考中進士，而我還在江湖漂泊。

幾年辛苦與君同，
得喪悲歡盡是空。

幾年辛苦與君同，得喪悲歡盡是空。
猶喜故人先折桂，自憐羈客尚飄蓬。

——溫庭筠〈春日將欲東歸寄新及第
苗紳先輩〉

溫庭筠一生「才高累身」，被非議，被詆毀，
被排擠，被壓制，卻依然不改狂傲不羈的本色。

解讀

詩句出自溫庭筠離開長安時紀唐夫寫給他的贈別詩，意思是說溫庭筠負才傲世、譏諷權貴，最終自累其身，但正因為他才華過人，才受到權貴的忌恨。

壓制

太有才也有錯嗎？
我不服！

詆毀

非議

排擠

鳳凰詔下雖沾命，鸚鵡才高卻累身。

——紀唐夫〈送溫庭筠尉方城〉

他生活在江河日下的晚唐，
一生倔強而落寞。

但他用獨有的才情，引領了寫詞的風尚，
掀開了華夏文學史上的新篇章。

五代時後蜀熊貓趙崇祚選編了《花間集》，
開卷就收錄了溫庭筠的六十六首詞作，
溫庭筠也被尊為「花間詞祖」。

《花間集》的出現，標誌著中國詞史上的第一個流派——花間詞派的誕生。這種流行於晚唐到五代時期，描寫女子閨情，風格濃豔，辭藻華麗的詞，被稱為花間詞。

詞壇貢獻獎頒獎典禮

謝謝大家
對我的肯定！

　　溫庭筠被貶途中寫的一首詩成了他的代表作,讓我們來重溫他當時的心境吧!

商山早行

晨起動征鐸,客行悲故鄉。
雞聲茅店月,人跡板橋霜。
槲葉落山路,枳花明驛牆。
因思杜陵夢,鳧雁滿回塘。

解讀:詩人晨起早行,遠離故鄉,本應描寫旅途的艱難與愁苦,但詩人轉而關注眼前景物,用精練的詞語,捕捉對所見景物的真實感受,將思鄉的愁緒含蓄地隱藏於其中。

詞的產生與發展

隋唐時期，西域的胡樂傳入中原，與原有的中原音樂融合，產生了一種新的音樂——燕樂。隨著燕樂的流行，民間出現了按照樂曲來填詞（即倚聲填詞）的創作方式。晚唐時期，大量文人因仕途失意開始參與填詞，詞的來源也從民間逐漸轉向了文人。

溫庭筠是第一個大量寫詞的文人，他開創的「花間詞」風格，標誌著文人詞趨於成熟。自他之後，寫詞的文人越來越多，唐宋五代時期湧現出韋莊、李煜、馮延巳等優秀詞人。到了宋代，詞發展到鼎盛，成為一種完全獨立並能與詩相抗衡的文學體裁。

《花間集》和花間詞派

　　《花間集》是一部晚唐五代詞集，也是文學史上的第一部文人詞選集，由後蜀人趙崇祚選編。因作品大多描寫上層貴族女性的日常生活和裝飾容貌，因此取名《花間集》。《花間集》收錄了溫庭筠、韋莊等十八人的詞作，總共五百首，開卷就是溫庭筠的六十六首詞。這些詞作內容還包括閨閣之怨、旅途之愁、悲歡離恨等。

　　花間詞派是出現於晚唐五代時期，奉溫庭筠為鼻祖進行填詞創作的文人詞派，因趙崇祚的《花間集》而得名，是中國詞史上第一個詞學流派。

遊學打卡

商山

　　讀完了溫庭筠的〈商山早行〉，小朋友們是不是很好奇商山是在哪裡呢？商山位於陝西省商洛市東南，因山的形狀像個「商」字而得名。

　　傳說秦朝時期，有四位學者為了躲避秦始皇焚書坑儒的暴政，在商山隱居。到了漢朝，這四個老人被張良邀請出山，扶持太子劉盈。他們被稱為「商山四皓」（皓是潔白的意思，代指鬚髮皆白的老人），成為中國隱逸文化的象徵。

　　「商山雪霽」是古商洛八景之一，冬天來這裡欣賞雪景別有一番趣味，在雞鳴時分起個大早出門走走，還能感受到溫庭筠那句「雞聲茅店月，人跡板橋霜」的淒冷意境呢。

文豪塗鴉牆

 溫庭筠
又一次落榜了，我到底做錯了什麼？為什麼要這樣對我？

14 分鐘前

♡ 魚玄機，李紳，李商隱，段成式，杜牧，韋莊，王士禎

魚玄機：你在我心中永遠是最棒的！

溫庭筠回覆魚玄機：你要是個男子，也可以來考試了。

魚玄機回覆溫庭筠：唉，我也想……

李紳：老溫，別氣了，來我家喝酒。

溫庭筠回覆李紳：等我！

令狐綯：哼，做錯了什麼你會不知道？

溫庭筠回覆令狐綯：呃……

李商隱：飛卿，改天出來聚一聚！

溫庭筠回覆李商隱：好，把段成式那小子也叫上。

王國維：別考了，專心寫詞吧。你的詞寫得不錯，可以用「畫屏
金鷓鴣」來形容。

閱讀筆記